TALES FROM OUTER SUBURBIA
Copyright © Shaun Tan 2008
All rights reserved.

First published in 2008 in Australia by Allen & Unwin
Design original por Shaun Tan e Inari Kiuru
Tipografia original por Inari Kiuru.

Tradução para a língua portuguesa
© Érico Assis, 2023

Diretor Editorial
Christiano Menezes

Diretor Comercial
Chico de Assis

Diretor de MKT e Operações
Mike Ribera

Diretora de Estratégia Editorial
Raquel Moritz

Gerente Comercial
Fernando Madeira

Coordenadora de Supply Chain
Janaina Ferreira

Gerente de Marca
Arthur Moraes

Gerente Editorial
Marcia Heloisa

Editor
Bruno Dorigatti

Adap. de Capa e Projeto Gráfico
Retina 78

Coordenador de Arte
Eldon Oliveira

Coordenador de Diagramação
Sergio Chaves

Finalização
Sandro Tagliamento

Preparação e Revisão
Talita Grass
Retina Conteúdo

Impressão e Acabamento
Ipsis Gráfica

DADOS INTERNACIONAIS DE CATALOGAÇÃO NA PUBLICAÇÃO (CIP)
Jéssica de Oliveira Molinari CRB-8/9852

Tan, Shaun
    Contos dos subúrbios distantes / Shaun Tan; tradução de Érico
Assis. — Rio de Janeiro : DarkSide Books, 2023.
    96 p. : il., color.

    ISBN: 978-65-5598-323-4
    Título original: Tales from Outer Suburbia

    1. Ficção australiana 2. Folclore
    I. Título II. Assis, Érico

23-4950   CDD 820.9994

Índice para catálogo sistemático:
1. Ficção australiana

[2023]
Todos os direitos desta edição reservados à
 DarkSide® *Entretenimento LTDA.*
Rua General Roca, 935/504 — Tijuca
20521-071 — Rio de Janeiro — RJ — Brasil
www.darksidebooks.com

contos dos subúrbios distantes

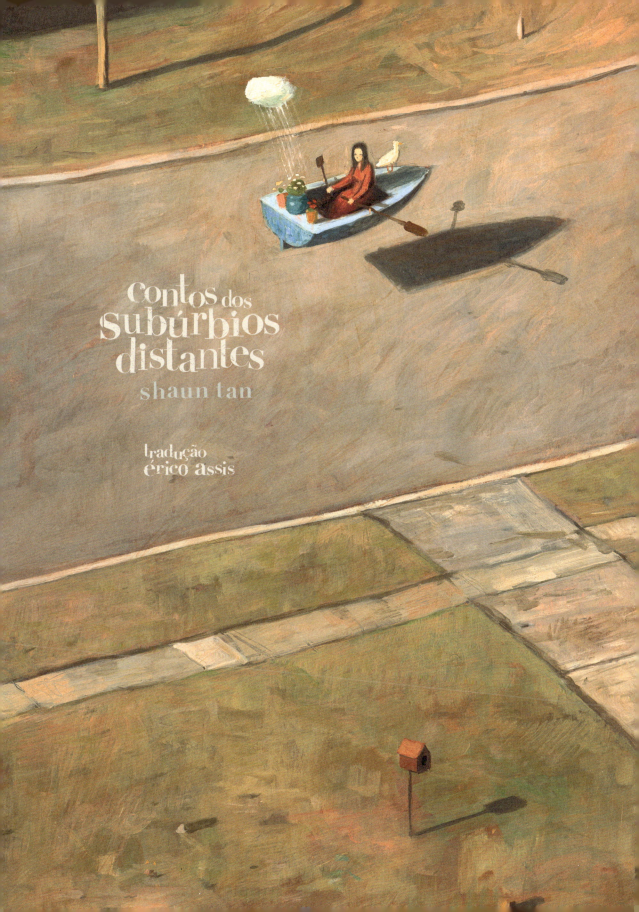

VIA AIR MAI
PAR AVION

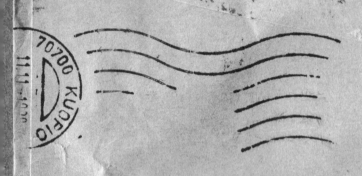

PARA PAUL,
(que sempre gostou
de aventuras.)
PERTH, W.A.

PRIORITY
[1. luokka – 1 klass]

o búfalo d'água

quando eu era criança, tinha um enorme búfalo d'água que morava no fim da nossa rua em um terreno baldio, aquele em que ninguém cortava a grama. O búfalo dormia a maior parte do tempo e ignorava qualquer passante, a não ser quem resolvesse parar e pedir um conselho. Aí ele se levantava bem devagar, erguia a pata esquerda e apontava a direção certa. Mas ele nunca dizia para o que apontava, nem até onde você tinha que ir, nem o que fazer quando chegasse lá. Aliás, ele nunca dizia nada, pois búfalos d'água são assim: odeiam ficar batendo papo.

Para a maioria de nós, isso era frustrante. Então, quando alguém pensava em "consultar o búfalo", era porque tinha um problema urgente e que exigia solução imediata. Por fim, todos paramos de ir ao terreno baldio. Acho que pouco tempo depois o búfalo d'água foi embora: sobrou só a grama que ninguém cortava.

É uma pena, sabe? Porque quem seguia a pata pontuda do búfalo sempre tinha uma surpresa. Você sempre saía aliviado e satisfeito com o que encontrava. E toda vez diziam exatamente a mesma coisa: "Como é que ele sabe?".

eric

alguns anos atrás, um estudante de intercâmbio veio morar conosco.
Tínhamos muita dificuldade em pronunciar seu nome
do jeito correto, mas ele não dava bola.
Dizia para chamá-lo apenas de "Eric".

Nós pintamos o quarto vago, compramos móveis e tapetes novos, arrumamos tudo para que ele ficasse à vontade. Apesar disso, Eric resolveu passar a maior parte do tempo dormindo e estudando na nossa despensa. Não sei por quê.

"Deve ser alguma coisa cultural", dizia Mamãe.
"Desde que ele fique contente…"
Começamos a guardar a comida e os utensílios de cozinha em outros armários para que não o atrapalhassem.

Mas, às vezes, eu me perguntava se o Eric *estava* contente; ele era tão educado que não sei se confessaria estar chateado, caso estivesse. Algumas vezes, eu o via pela fresta da porta da despensa, estudando em silêncio profundo, e imaginava como ele devia se sentir por estar em nosso país.

Da minha parte, eu queria muito receber um visitante de outro país. Eu tinha muitas coisas para apresentar. Uma vez na vida eu podia ser o expert na região, uma fonte de informações e de comentários interessantes. Por sorte, Eric era muito curioso e estava sempre cheio de perguntas.

Não eram, porém, as perguntas que eu esperava.

Geralmente, só conseguia lhe responder "Não tenho certeza"
ou "Só sei que é assim". Eu não me sentia nada prestativo.

Eu havia planejado de fazermos alguns passeios semanais juntos, estava decidido a apresentar ao nosso visitante os melhores pontos da cidade e arredores. Acho que o Eric gostava desses passeios. Mas, como sempre, era difícil ter certeza.

Eric parecia, na maioria das vezes, mais interessado nas miudezas que encontrava pelo chão.

Posso até ter achado irritante, mas aí pensava no que a Mamãe havia dito, da coisa cultural. Então não dava bola.

Mesmo assim, ninguém conseguiu esconder o espanto com o jeito como Eric deixou nosso lar: uma partida repentina, ainda de madrugada, pouco mais que uma mão abanando e um adeus cortês.

Aliás, levamos algum tempo para nos dar conta de que ele não voltaria.

Naquela noite, no jantar, passamos um bom tempo especulando. O Eric parecia triste? Será que gostou da estadia? Algum dia teríamos notícias dele?

Uma sensação desconfortável pairava no ar, como algo inconcluso, mal resolvido. Passamos horas incomodados, pelo menos até um de nós descobrir o que havia na despensa.

Pode ver você mesmo: continua lá, depois de anos, brotando no escuro. É a primeira coisa que mostramos quando chega uma visita aqui na casa. "Veja só o que nosso intercambista deixou", falamos.

"Deve ser uma coisa cultural", repete a Mamãe.

brinquedos quebrados

eu sei que você acha que viu antes, mas tenho quase certeza que fui eu. Era ele lá embaixo no viaduto, tateando a parede cheia de grafite, e eu que falei: "Olha só, taí uma coisa que não se vê todo dia".

Bem, o certo é que nós já tínhamos visto malucos — "os que a vida traumatizou", como você disse uma vez. Mas deve ter acontecido alguma coisa muito séria com esse cara para ele sair por aí com traje de astronauta num feriado nacional em que não se vê viv'alma na rua. Ficamos escondidos atrás de uma caixa de correio para observar melhor. De perto, era ainda mais perturbador: o traje estava coberto de cracas e trecos do mar, pingando água apesar de todo aquele calor cruel.

"Não é roupa de astronauta, seu imbecil", você disse baixinho. "É daqueles equipamentos de mergulho das antigas, que nem o dos caras que pescam pérola lá no Norte. Sabe aquilo que antigamente eles pegavam, *mal do mergulhador*, porque não sabiam que tinha descompressão e que o sangue vira limonada?" Você deu um suspiro alto diante da minha falta de expressão e disse: "Esquece".

Mas enquanto seguíamos discretamente nosso maluco, eu vi que você estava certo. Tinha o capacete e tinha aquela mangueira comprida pendurada nas costas dele.

Ele seguiu sem rumo certo. Atravessou o campo de futebol vazio, passou pelo posto de gasolina, subiu e desceu a entrada de cada casa. Arrastou-se rente à padaria da esquina, fechada, tateando as paredes e as janelas como se fosse um sonâmbulo, deixando a marca grande e molhada das luvas, que secava e virava uma mancha de sal fantasma.

Você me disse: "Te dou *dez pratas* se você for lá e disser oi".

Eu disse: "Sem chance".

"Então vamos nós dois."

"Tá bem."

Fomos nos aproximando. O cheiro era estranho. Acho que lembrava o mar, mas misturado com outro odor doce, difícil de identificar. Tinha poeira vermelha acumulada nas dobras da roupa, como se ele tivesse passado tanto por um deserto quanto pelo oceano.

Estávamos fazendo um planejamento estratégico para nossa abordagem quando o visor nublado e arranhado se virou na nossa direção e disse algo que não conseguimos entender. O mergulhador seguiu em frente, rangendo, balbuciando. Nós recuamos.

"Papo de louco", eu comentei.

Mas você ouviu com atenção e balançou a cabeça. "Nem, eu acho que é... *japonês*."

Ele repetia sempre a mesma frase — que terminava em alguma coisa tipo "tassu-ke-tê, tassu-ke-tê". E ficava estendendo a mão para mostrar um cavalinho de madeira amarrado com barbante, que já devia ter sido dourado e brilhoso, mas estava rachado e esbranquiçado do sol.

"Quem sabe a gente leva ele na sra. Infelizmente", sugeriu você, referindo-se à sra. Katayama, a única japonesa que a gente conhecia no bairro.

"De jeito nenhum", eu respondi, sendo que o erguer das minhas sobrancelhas aludia ao recente confronto que havíamos tido com a sra. Katayama, na cerca que dava para os fundos da casa dela. Confronto não, melhor seria descrever como uma artilharia de insultos incompreensíveis seguida da devolução do nosso aeromodelo, que estava serrado exatamente ao meio — mais um objeto que iria direto para nossa caixa de brinquedos quebrados, o destino de todos os brinquedos que caíam no quintal da velha e voltavam vítimas de dissecação. Era sempre assim quando víamos a sra. Katayama. Por isso, "sra. Infelizmente".

O erguer das *suas* sobrancelhas referia-se exatamente à mesma coisa, mas também sinalizava o lampejo de uma ideia brilhante. Por que não levar um maluco de roupa de mergulho até o jardim da sra. Katayama e deixar ele preso lá? Não precisamos dizer mais nada. Fizemos o Aperto de Mão Especial do Compromisso Indissolúvel.

Você estendeu a mão para pegar a enorme luva do mergulhador, mas de repente recuou — "Era tão esquisita, pegajosa", você explicou depois — mas foi o suficiente para o nosso maluco entender e nos seguir, arrastando aquele peso pelas trilhas, ruas e becos. A respiração demorada e chiada ficava mais ruidosa cada vez que parávamos para ele nos alcançar. Ele se arrastava como se cada articulação doesse, puxando aquela mangueira gigante que pingava água aparentemente infinita pela ponta envelhecida. Eu sentia calafrios.

Finalmente chegamos na temida casa das cerejeiras. Guiamos nosso convidado pelo portão, que sabíamos como destrancar há muito tempo. Os degraus gastos rangeram com o peso dele. Você bateu na porta de tela e nós dois saímos correndo. Trancamos o portão depois de passar, quase sem conseguir segurar a risada, e fomos para trás da cabine telefônica, do outro lado da rua, para testemunhar os desdobramentos do drama.

Esperamos, esperamos, esperamos.

E esperamos.

"Que saco", você acabou admitindo, lembrando que a sra. Infelizmente nunca abria a porta, mesmo que sempre estivesse em casa. Brincamos várias vezes que a porta era só pintada na parede. Já havíamos tentado bater lá uma vez, e ela gritou "Quem Está Aí?" e depois "Xô!". Era exatamente a experiência que o nosso amigo mergulhador estava tendo. Mas ele não se mexeu, talvez porque não tivesse entendido, então ainda havia esperança de diversão.

De repente, o mergulhador ergueu os braços, retirou o pesado capacete e deixou ele escorregar das mãos até cair nas tábuas de madeira, causando um estrondo que fez a gente dar um pulo. Mesmo de costas, dava para ver que ele era um jovem de cabelo escuro, lustroso e bem penteado. Mas, o mais surpreendente foi ver a porta abrindo e a silhueta fraquinha da sra. Infelizmente vir espiar.

O mergulhador disse aquelas palavras japonesas de novo e mostrou o cavalinho de madeira. Ele tapava nossa vista, então não conseguimos enxergar grande coisa — só a sra. Infelizmente cobrindo a boca com as duas mãos. Parecia que ela ia desmaiar de susto. Não conseguimos acreditar na nossa sorte.

"Espera um pouquinho", você disse, forçando a vista, "Eu acho que ela... *está chorando*!" E estava mesmo — parada na porta, soluçando incontrolavelmente.

Teríamos ido longe demais?

Chegamos a sentir *pena* dela... Mas aí os bracinhos de palito da sra. Katayama se esticaram e abraçaram a figura encharcada e cheia de cracas que estava na soleira. Não vimos o que aconteceu depois porque ficamos comparando nosso nível de espanto. Aí a porta de tela se fechou e sobrou apenas o retângulo negro da entrada, com o capacete de mergulho sobre uma poça d'água.

Esperamos um bom tempo e não aconteceu mais nada.

"Acho que ela conhecia ele", falei enquanto íamos para casa.

Nunca descobrimos quem era o mergulhador nem o que aconteceu com ele. Mas, nos fins de tarde, começamos a ouvir jazz das antigas vindo da cerca dos fundos, notamos cheiros de comidas diferentes e vozes aveludadas em conversas animadas. E paramos de odiar a sra. Katayama, pois ela fazia a volta em toda a quadra e aparecia na nossa porta da frente só para dar um aceno, um sorriso, e devolver nossos brinquedos — inteiros.

CHUvaAO

VOCÊ JÁ SE PERGUNTOU O QUE ACONTECE COM A PILHA DE POEMAS QUE AS PESSOAS ESCREVEM?

aqueles poemas que elas não deixam ninguém ler?

...

TALVEZ POR SEREM MUITO ÍNTIMOS

Talvez porque elas não acharam bons

Talvez por conta da meia sensação de que alguém vai considerar uma manifestação tão franca.

Deselegante

frívola

Boba

PRETENSIOSA

melosa

BANAL

sentimental

trivial

chata

excessiva

OBSCURA

Burra

ou inútil

Apenas vergonha

já seja o suficiente para dar a todo aspirante a poeta razão para esconder sua obra dos olhos públicos.

para sempre.

Longe

Naturalmente muitos poemas são DESTRUÍDOS NA HORA

QUEIMADOS, rasgados, jogados na privada

VEZ POR OUTRA ELES SÃO DOBRADOS EM QUADRADINHOS E ENFIADOS SOB O CANTO DE UM MÓVEL BAMBO

(e nisso são muito úteis)

Outros ficam escondidos atrás de um tijolo solto ou um cano

ou lacrados nas costas de um antigo despertador

ou colocados entre as páginas de UM LIVRO OBSCURO que tem poucas chances de vir a ser aberto

quem sabe um dia alguém os encontre, MAS PROVAVELMENTE NÃO

A realidade é que a poesia não lida quase sempre não passará disso

condenada a unir-se ao rio vasto e invisível de refugo que aflui dos subúrbios.

bom

QUASE sempre.

Em raras ocasiões,

Alguns escritos de certa persistência vão fugir

PARA UM QUINTAL OU UMA VIELA

Serão levadas pelo vento até um aterro em beira de estrada

e vão descansar num estacionamento de shopping center

assim como tantas coisas

é aqui que algo é *Extraordinário* acontece

dois ou mais escritos poéticos vagam até se encontrar.

devido a uma estranha força de atração QUE A CIÊNCIA DESCONHECE

e vagarosamente grudam-se, até formar uma bolinha.

SE NINGUÉM MEXER, ESSA BOLINHA VAI FICAR MAIOR E MAIS REDONDA POIS

Versos livres

SEGREDOS

confissões

Desejos e Cartas de amor não enviadas

reflexões soltas

também se prendem um por um

Essa bola arrasta-se pelas ruas

COMO UM ROLO DE FENO

por meses até anos

CASO SÓ SAIA A NOITE, ELA TEM BOA CHANCE DE SOBREVIVER AO TRÂNSITO E ÀS CRIANÇAS

e com seu lento rolar EVITAR OS CARACÓIS (seu predador número um)

Quando atinge certa estatura, ela se protege instintivamente do mau tempo, despercebida

caso contrário, vaga pelas ruas,

em busca dos restos de pensamento e sentimento

Esquecidos por aí

COM TEMPO + SORTE

A bola de poesia fica

grande IMENSA ENORME:

UM ACÚMULO DE PEDACINHOS DE PAPEL QUE ACABA SUBINDO AO CÉU, LEVITANDO APENAS COM A FORÇA DE TANTA EMOÇÃO GUARDADA.

e flutua delicadamente dos subúrbios sobre os telhados enquanto todos dormem

inspirando cães solitários a latir no meio da madrugada

Infelizmente

Uma bolona de papel, por mais que seja imensa e flutuante, ainda é frágil

E mais cedo ou **MAIS TARDE** ela será surpreendida por uma rajada de vento CASTIGADA POR Chuva Forte e REDUZIDA em questão de minutos a um bilhão de tiras MOLHADAS pela manhã

Todos vão acordar e ver a sujeira polpuda cobrindo os jardins.
ENTUPINDO AS SARJETAS
e tapando para-brisas

O trânsito ficará prejudicado

As Crianças, Encantadas

adultos, PERPLEXOS

incapazes de conceber   de onde veio aquilo tudo

SERÁ AINDA MAIS ESTRANHO DESCOBRIR QUE CADA MASSA DE PAPEL MOLHADO CONTÉM

palavras desbotadas prensadas em versos acidentais

QUASE INVISÍVEIS, MAS INEGAVELMENTE PRESENTES

E vão cochichar algo diferente a cada leitor

COISAS
alegres   Coisas   tristes
VERDADEIRAS absurdas
hilárias   PROFUNDAS   e perfeitas.

Ninguém poderá explicar a estranha sensação de leveza

Nem o sorriso escondido, mas duradouro.

Muito tempo depois de os garis passarem por ali.

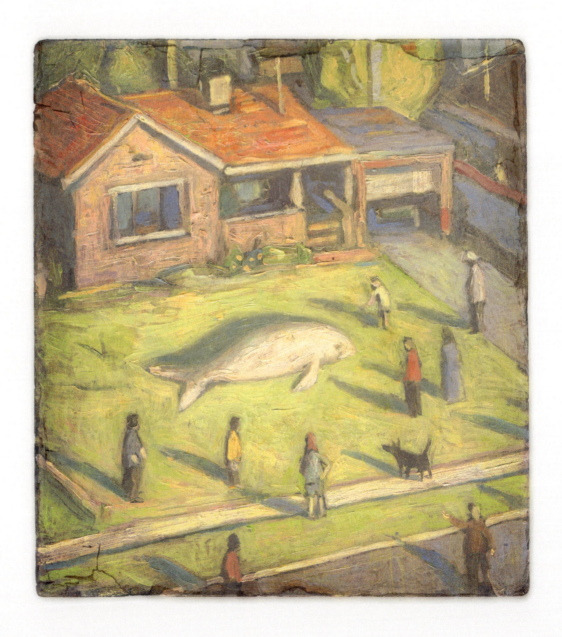

ressaca

os vizinhos só falavam da casa de número dezessete em voz baixa. Conheciam bem a frequência dos barulhos, das gritarias, das portas batendo, das coisas quebrando. Porém, numa noite mormacenta de verão, outra coisa aconteceu. Uma coisa bem mais interessante: um animal marinho de grande porte apareceu na frente da casa.

No meio da manhã, todos os vizinhos já haviam notado a misteriosa criatura e sua respiração delicada. Naturalmente, juntaram-se em volta para olhar melhor.

"É um dugongo", disse um garotinho. "O dugongo é um mamífero herbívoro raro e ameaçado de extinção, que vive no Oceano Índico. Da ordem Sirenia, família Dugongidae, gênero *Dugong*, espécie *D. dugon*."

Mas, nada explicava como ele havia chegado naquela rua, que ficava no mínimo a quatro quilômetros da praia mais próxima. Independentemente do que fosse, os vizinhos estavam bem mais preocupados em cuidar do animal encalhado, usando baldes, mangueiras e toalhas molhadas, assim como aprenderam assistindo aos resgates de baleias na TV.

Quando o jovem casal que morava no número dezessete surgiu para ver a cena, com olhos turvos e confusos, o primeiro impulso deles foi de raiva e recriminação. "Você está de BRINCADEIRA?", gritaram um para o outro, assim como gritaram com alguns vizinhos. Mas essa reação logo deu lugar ao espanto, silencioso, quando eles se deram conta do absurdo da situação. Não havia nada que pudessem fazer, a não ser ajudar no resgate ligando os irrigadores e chamando o devido serviço de emergência, se é que esse serviço existia (questão que eles discutiram por um longo tempo, sem paciência alguma, um arrancando o telefone da mão do outro).

Enquanto aguardavam os especialistas, os vizinhos se revezavam para fazer carinhos e afagos no dugongo, conversando com seu olho que piscava bem devagar — um olhar que lhes parecia estar tomado por tristeza profunda —, colocando o ouvido contra sua pele quente e úmida para ouvir algo baixinho e distante, um som indescritível.

A chegada do caminhão de resgate foi uma interrupção quase indesejável, com luzes laranjas piscando e operários de macacão amarelo fosforescente dando ordens para que todos saíssem de perto. A eficiência deles era impressionante: tinham até um guindaste especial e uma banheira do tamanho exato para acomodar um mamífero aquático de grande porte. Em questão de minutos, já haviam colocado o dugongo no veículo e ido embora, como se lidassem com problemas desse tipo a toda hora.

Naquela noite os vizinhos ficaram impacientes, zapeando os canais de notícias atrás de alguma menção ao dugongo. Como não encontraram nada, concluíram que o fato não era tão notável quanto haviam pensado.

O casal do número dezessete voltou a discutir, desta vez sobre como arrumar o gramado. A grama em que o dugongo havia deitado estava amarela e morta, como se a criatura tivesse ficado ali por anos, e não horas. Aí a discussão tomou um rumo totalmente diferente e um objeto, talvez um prato, estilhaçou-se na parede.

Ninguém viu o garotinho que saiu pela porta de casa, com a enciclopédia de zoologia marinha na mão, e caminhou até a mancha do dugongo, deitou no meio dela com os braços de lado, olhando para as nuvens e as estrelas, esperando que levasse algum tempo até que seus pais notassem que ele não estava no quarto e saíssem bravos, aos berros. E foi muito estranho quando eles apareceram, sem fazer barulho algum, sem pressa alguma. Foi muito estranho que a única coisa que ele sentiu foram mãos carinhosas erguendo-o do chão e levando-o de volta à cama.

a história do vovô

"sabe aquele morro grande que vocês enxergam da janela do quarto?", diz o Vovô, apontando. "Então, a sua avó e eu nos casamos do outro lado daquele morro, muito antes de vocês existirem. Só que naquele tempo casamento era muito mais complicado, não era essa coisa melosa que fazem hoje em dia.

"Pra começar, a noiva e o noivo eram mandados pra bem longe antes da cerimônia. Só podiam tirar uma foto na saída e mais nenhuma até voltarem, o que podia levar um bom tempo. Por isso tem tanta página em branco no nosso álbum de casamento — nós chamamos de 'páginas obscuras'. Por sorte, aquela primeira foto saiu boa. Olha só a família, todo mundo bem arrumado na frente de casa. Olha a sua avó, parece que ela acabou de sair de um filme. Isso que é estilo.

"Depois que o fotógrafo foi embora, nós recebemos um envelope lacrado, uma bússola e as tradicionais botas de casamento — resistentes, com pontas de aço. Cada convidado nos dizia uma charada, tipo uma pista de palavras cruzadas. Tínhamos que prestar bastante atenção e lembrar de todas essas instruções, que eram esquisitas, mas iam fazer sentido mais na frente. Estávamos loucos para começar a descobrir, então não perdemos tempo. Partimos!"

O Vovô fica meio confuso nessa parte da história, então não é certo para onde eles foram. Algum lugar "passando as fábricas e os aterros" e "depois de todas as placas e todas as estradas". Quando pedimos para mostrar no mapa, ele só balança a cabeça de um jeito meio engraçado, como se dissesse "um dia vocês vão entender".

Ele também faz pouco caso das outras perguntas e continua: "Só tínhamos autorização para abrir o envelope depois que chegássemos no destino. Dentro do envelope havia uma lista de objetos que precisávamos achar até o fim do dia, cada qual correspondendo a uma pista. Era a gincana, a parte mais trabalhosa e temida de qualquer casamento. Bom, o que nós queríamos era chegar em casa o quanto antes, nos arrumar e ensaiar as juras — nós éramos jovens, muito confiantes e sempre com pressa. Mas, claro, não tardou para encontrarmos problemas, um monte de problemas…".

O mais frustrante é que nessa hora o Vovô sai para fazer chá. Seguimos até a cozinha e pedimos detalhes. Vovô dá de ombros. "É difícil explicar tudo de terrível que aconteceu por lá. Aliás, quanto mais eu contar, menos vocês vão entender. Tem coisas na vida que são assim. Vocês precisam descobrir por conta própria…

"Eram tempos perigosos. Mas cada revés só nos deixava mais resolutos. Medo? Claro, às vezes. Mas tínhamos um ao outro. Deve ser isso, nós pensávamos: desde que fiquemos juntos, nada vai nos deter!"

"E foi aquilo mesmo: encontramos todos os objetos da lista, um de cada vez. Foi bem difícil e tivemos dificuldade em lembrar de algumas pistas. Mas houve muita alegria ao descobrir tantas coisinhas em lugares que mal se esperava. Amarramos tudo ao para-choque com a fita matrimonial, como manda a tradição.

"No início, o chacoalhar que vinha de trás do carro era uma satisfação, mas depois de horas e horas dirigindo começou a esgotar nossa paciência. Já era tarde e nós estávamos com um problemão. Dos grandes mesmo. É que os dois últimos objetos da nossa lista eram impossíveis de se encontrar e começamos a nos questionar se existiam mesmo. Só que não podíamos voltar sem eles. Procuramos e procuramos, fundimos a cabeça, fizemos tudo que estava ao nosso alcance. E nada.

"Ficamos ansiosos, desesperados, obcecados. Íamos cada vez mais longe e cada vez com mais velocidade, sem pensar no destino. No fim das contas, fomos parar em um vasto deserto magnético, sem ter indicação precisa na bússola. O meu avô já havia comentado de 'um lugar que todos os casais estão fadados a visitar pelo menos uma vez na vida' — quem sabe ele estivesse falando disso, pensei. Era um horror!"

"O sol estava baixando no horizonte. Nunca íamos chegar a tempo para nossas juras. Tínhamos perdido nosso maior momento. Nossos sorrisos sumiram. Soltamos as mãos. E aí — PUM! — o pneu traseiro estourou numa pedra pontuda! Foi a gota d'água! Sua avó pulou do carro, bateu a porta com raiva e começou a me culpar por tudo. Eu pulei do carro, bati a porta com raiva e comecei a culpá-la por tudo. Gritamos e berramos e continuamos gritando e berrando e dissemos coisas de que nos arrependemos pelo resto da vida… Bom, vocês sabem como é quando sua avó e eu temos um desses 'dias'.

"Então sobreveio um longo e terrível silêncio, de um jeito que nunca havíamos sentido. Um se recusava a olhar para o outro. Era como se todas as pedras daquele deserto tivessem entrado pela nossa garganta até chegar ao coração. Queríamos nos enfiar num buraco e nunca mais sair de lá."

"Mas claro, com a noite chegando e a temperatura caindo, logo nos demos conta que, se tínhamos alguma esperança de voltar à civilização, precisávamos fazer alguma coisa que fosse rápida e inteligente. E tínhamos que fazer juntos.

"O estepe — do qual nunca havíamos precisado — estava no porta-malas, meio enferrujado. Foi preciso o peso de nós dois para fazer alavanca com um pé de cabra até ele se soltar. Demos um puxão bem forte e ele finalmente saltou. O alívio que aquilo nos deu foi gigantesco. Quase que não notamos uma coisa que brilhava em meio ao lamaceiro do porta-malas. Brilhava como as estrelas. Bem, nós limpamos a lama com o que tinha sobrado da nossa água e não conseguíamos acreditar no que estávamos vendo — dois dos anéis mais perfeitos que vocês podem imaginar! Se não acreditam, deem uma olhada aqui!" Vovô estendeu a mão com o anel.

"A partir dali, pegamos uma rota qualquer e pisamos no acelerador, com tanta determinação que qualquer destino surgiria nos cantos do para-brisa mais sujo. E foi assim que, depois de chegar ao topo daquele último morro, vimos as luzes dos subúrbios se abrirem para nós. As ruas, nossas velhas amigas, estavam nos recebendo em casa.

"Encostamos o carro na frente de casa e ainda sobrou tempo para tomar banho, nos vestir, fazer as juras e cumprir todo o cerimonial ensaiado. Era como se tivéssemos passado poucas horas fora, e tudo ainda fosse normal, e todo mundo vinha nos dizer 'parabéns' sem parar. Sua avó e eu ficávamos nos olhando, como se houvéssemos acabado de voltar de outro planeta.

"Enfim, foi basicamente assim que nos casamos, atrás daquele morro que vocês veem da janela. Muito antes de vocês existirem."

Aí o Vovô vai no banheiro e depois no pomar. Claro que ficamos desconfiados de tudo que ouvimos, principalmente porque o Vovô tem uma imaginação muito fértil. Só resta uma coisa a fazer: perguntar à Vovó.

"Bom, vocês sabem que raramente concordo com as histórias que seu avô conta", ela diz. "Mas, neste caso, abro uma exceção." E aí nos mostra o outro anel que eles encontraram debaixo do estepe, lá no deserto.

não existe país

o concreto pintado de verde na frente da casa, que à primeira vista parecia uma inovação para economizar com jardinagem, havia virado pura depressão. A água quente chegava à pia da cozinha com relutância, como se tivesse cruzado quilômetros, e mesmo assim sem muita convicção, às vezes amarronzada. A maioria das janelas não abria direito quando era preciso espantar as moscas. Outras não fechavam direito e aí as moscas entravam. As árvores recém-plantadas morreram no solo arenoso do quintal, onde batia muito sol. Lá ficaram como lápides sob os varais frouxos, um pequeno cemitério da frustração. Parecia impossível achar o tipo certo de comida, ou aprender a dizer as coisas mais simples do jeito certo. As crianças falavam muito pouco, a não ser para reclamar.

"Não existe país pior que esse", anunciava a mãe, em voz alta e repetidas vezes, e ninguém tinha vontade de contrariar.

Após pagar a prestação da casa, não sobrava dinheiro para os consertos. "Vocês têm que ajudar mais a sua mãe, crianças", o pai sempre falava, o que incluía achar a árvore de Natal mais barata possível e guardá-la temporariamente no sótão. Finalmente com uma expectativa boa para o futuro, as crianças passaram um mês criando a decoração por conta própria, recortando papel branco e papel laminado para fazer desenhos legais, que prendiam com barbante sobre o chão da sala de estar. Ajudava a esquecer o calor sufocante e os problemas que elas tinham no colégio.

Mas quando foram descer a árvore, descobriram que ela havia ficado presa nas vigas do telhado — era tanto calor lá em cima que o plástico *derreteu*. "Não existe país pior que esse!", resmungou a mãe. Mas ainda havia o que aproveitar da árvore, então as crianças começaram a raspá-la do teto com facas de cozinha. Foi quando o mais novo pisou numa parte frágil do sótão e o pé dele atravessou o piso. Um desastre! Todo mundo começou a gritar e mexer os braços: desceram a escada correndo para examinar o prejuízo no andar de baixo — consertar aquele buraco ia custar uma fortuna. Mas não acharam buraco nenhum. Confusos, passaram de quarto em quarto. O teto estava perfeito e sem buraco em todos.

Foram conferir de novo por onde o pé havia passado — não teria sido na área de serviço? Na cozinha? Foi então que, de repente, sentiram um cheiro de grama, de pedras úmidas e de seiva, soprando do sótão como uma brisa. Todos foram examinar o buraco de perto... Ele se abria para um aposento totalmente diferente e que eles não conheciam — um aposento incrível, enfiado entre os outros. Além disso, parecia que ele dava para fora da casa.

Foi assim que a família descobriu o local que viriam a chamar de "pátio de dentro". Na verdade, estava mais para um jardim de palácio, com árvores altas e mais velhas que qualquer uma que eles já tinham visto. Tinha paredes antigas decoradas com afrescos; quanto mais olhavam para elas, mais a família reconhecia aspectos de suas próprias vidas nas alegorias, estranhas e desbotadas.

No pátio de dentro, as estações eram invertidas: era inverno no verão; eles viriam a aproveitar o sol veranil no período mais frio e úmido do ano. Era como estar de volta ao país natal, mas também a outro lugar, um lugar totalmente diferente… E ficavam ponderando aquilo enquanto flores incomuns adejavam pelo ar nas noites silentes.

Virou um santuário. Eles visitavam o pátio de dentro pelo menos duas vezes por semana para fazer piqueniques. Carregavam tudo que precisavam até o sótão e depois desciam por uma escada que deixaram por lá, permanente. Não viam necessidade

de questionar a lógica. Simplesmente aceitavam aquela presença, muito gratos.

Decidiu-se que o pátio de dentro seria um segredo de família, embora ninguém tivesse expressado o acordo em palavras — parecia o certo a se fazer. Eles também achavam que não havia *como* contar a outras pessoas.

Um dia, porém, a mãe ficou atônita com o que uma senhora grega falou. Elas estavam conversando através da cerca do quintal enquanto estendiam roupas, e a vizinha comentou: "A gente costuma fazer churrasco no pátio de dentro. Depois que demos um jeito de passar a churrasqueira pelo telhado, sabe?", e riu alto.

De início a mãe achou que havia entendido mal, mas ao descrever o pátio de dentro da sua própria casa, a senhora grega sorriu e assentiu com a cabeça. "Sim, sim, toda casa tem um pátio de dentro. Você só tem que encontrar. É muito estranho, sabe, pois fora daqui não existe. Não existe outro país que tenha."

os gravetos

quando eles ficam parados no meio da rua, é fácil de desviar. Como se faz com caixa de papelão ou gato morto. É só ligar os irrigadores que eles desistem de ficar na frente da sua casa; música alta e fumaça de churrasco também os deixa à distância. Eles não são problema. São só mais um elemento da paisagem suburbana, com perninhas mínimas que andam na velocidade das nuvens. Sempre estiveram aqui, desde antes do que todo mundo se lembra, desde antes de arrancarem o mato e construírem as casas.

Os adultos não dão tanta bola. As crianças às vezes vestem eles com roupas velhas e chapéus, como se fossem bonecas ou espantalhos, e aí são repreendidas pelos pais, por motivo não muito claro. "Não é para fazer e pronto", dizem os pais, sérios.

Os meninos mais velhos adoram bater neles com tacos de beisebol ou de golfe, ou com o que estiver à mão, incluindo os membros que arrancam das próprias vítimas. Com uma mira cuidadosa e um bom golpe, a cabeça — que é um punhado de terra sem rosto — sai voando. O corpo continua passivamente de pé até virar lascas esmagadas entre os solados dos tênis e o asfalto.

Isso pode levar horas, dependendo de quantos os meninos encontrarem. Mas uma hora deixa de ser divertido. Fica chato, até irritante, o fato de eles permanecerem ali parados, aceitando tudo. O que eles são? Por que estão aqui? O que eles querem? Pou! Pou! Pou!

A única reação deles é o som de galhos mortos caindo das árvores velhas nas noites sem vento. E os buracos que surgem nos jardins, covas negras de onde montes de terra saíram no meio da noite. E claro que lá vêm eles de novo, perto das cercas e das entradas das garagens, nos becos e nos parques, silenciosos sentinelas.

Estão aqui por algum motivo? Não há como saber. Mas se você parar e observá-los por algum tempo, pode imaginar que também podem estar atrás de respostas, atrás de um sentido. É como se eles tomassem todas as nossas perguntas e devolvessem: Quem são vocês? Por que estão aqui? O que vocês querem?

o feriado sem nome acontece uma vez por ano, geralmente perto do fim de agosto, às vezes em outubro. É tão esperado pelas crianças quanto pelos adultos, com um misto de emoções: não é propriamente festivo, mas ainda assim é uma espécie de comemoração, cuja origem se esqueceu há muito tempo.

Tudo o que se conhece são os rituais: dispor suas posses de maior estima no chão do quarto; escolher um objeto especial — aquele pelo qual você tem mais apreço — e transportá-lo cuidadosamente pela escada até o telhado, deixando-o sobre a antena da TV (previamente decorada com coisinhas brilhantes, como embalagens de chocolate, CDs velhos, lacres de iogurte limpos e alinhados com barbante, amarrados com nós especiais).

Depois acontece o tradicional piquenique da meia-noite no quintal, no jardim ou em qualquer lugar de onde se tenha uma boa visão do telhado — pode ser até do outro lado da rua, se necessário for, motivo pelo qual às vezes as famílias se reúnem na beira da calçada com cobertores. É daí que brotam as boas lembranças dos biscoitinhos de gengibre recém-saídos do forno, do suco de romã quente e afiado como ponta de faca, e dos apitinhos de plástico que nem humanos nem cachorros conseguem escutar. Sem mencionar a tagarelice e as risadinhas, os pedidos de silêncio, todos se empenhando em obedecer à regra de não fazer barulho.

Aqueles que ficam acordados por bastante tempo têm a recompensa de um som momentâneo, o toque delicado de cascos sobre as telhas — que sempre provoca um suspiro repentino. Sempre surpreende. De início é difícil de acreditar, como um sonho desperto ou um boato que vira verdade. Mas lá está ela, a rena sem nome: enorme, cega como um morcego, farejando sob a antena da TV, com incansável paciência animal. Ela sabe exatamente quais objetos são tão amados que sua perda partirá corações, e são apenas esses que ela cutuca cuidadosamente até enganchar nos chifres. Ela deixa todas as outras coisas de lado, saltando graciosa de volta à fria escuridão.

É uma sensação marcante e inominável, esta que acontece bem no instante do salto: parece tristeza e pesar, uma vontade súbita de ter seu presente de volta, agarrado ao peito, sabendo que certamente nunca o verá de novo. Então você se solta, deixa os músculos relaxarem, os pulmões esvaziarem, e no remanso da saudade permanece uma imagem às margens da memória: aquela rena imensa no seu telhado, fazendo uma reverência a você.

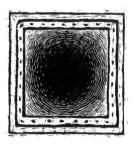

PENSAMENTO DO DIA:
"As riquezas da inteligência podem ser investidas a serviço da ignorância quando é profunda a necessidade de ilusão."
— Saul Bellow

A Máquina de Amnésia

Chega sem convite, à mesa do café da manhã, a recordação de um sonho recorrente tão vivaz que parece real. É assim:

ESTOU DE PÉ no meio da nossa rua. Ao longe vejo um enorme objeto de metal, uma espécie de máquina, arrastada pela rua na caçamba de um caminhão comprido. É naquele fim de semana longo e abafado antes da última eleição. Todo mundo parou de lavar os carros, de ler jornal, de assistir esportes ou de reformar os banheiros, para poder sair e curtir o espetáculo inexplicável. E para ganhar sorvete grátis, distribuído de um furgão colorido que está sempre por perto. Ela toca uma musiquinha chiclete, que eu sei que já ouvi.

Um espectador à minha frente diz: "Esse é o tipo de coisa que faz a gente valorizar a engenharia humana".

A máquina está tão próxima que tapa o sol, e sou obrigado a concordar com ele. Ela é pesada, impõe respeito, está além da compreensão dos contribuintes comuns.

Mais à frente, o caminhão dá ré para entrar no parque sem árvores que fica atrás do nosso shopping center. Uma equipe de operários já está à espera com um monte de guindastes e cabos, e partem para deslocar a monstruosidade para uma zona de grama demarcada com linhas oleosas.

Ouve-se uma cacofonia de marteladas e soldas. Afixam uma placa enorme nas grades do muro: "MANTENHA DISTÂNCIA". Depois, silêncio. Não se vê mais os operários. Percebo que já está escuro e que todos foram para casa jantar e assistir ao noticiário.

Nas profundezas da estrutura de metal, luzes piscam e ouve-se um estranho zumbido elétrico, uma vibração suave que eu sinto nos dentes de trás, mais um ruído estranho, como o dos carros correndo à noite na autoestrada. Ao longe, um cachorro late.

Só me recordo disso ao ler uma matéria no jornal sobre os resultados da eleição, com a previsível vitória do governo, e outras matérias sobre controle da mídia, finanças públicas que sumiram, corrupção e assim por diante, todas sem graça. Quase todas as páginas trazem o anúncio coloridíssimo de um novo sorvete rosa-choque.

Voltando da minha ida semanal ao supermercado, decido pegar o trajeto mais longo, pelo parque, só por curiosidade. Claro que não há nada para se ver, apenas um quadrado vazio de grama recém-cortada envolto por uma cerca de arame farpado, com uma placa solitária que diz "MANTENHA DISTÂNCIA". Acho que sempre esteve lá, mesmo que eu não consiga imaginar o motivo.

Agora estou de volta à cozinha, ouvindo os ruídos distantes da TV do vizinho no último volume (mais um programa de atualidades com musiquinha de abertura chiclete) e a leve agitação do trânsito noturno; um oceano de ruído branco.

Estou tentando recordar meu sonho com a coisa, a máquina, mas os detalhes ainda me escapam e minha mente parece cada vez mais uma sala vazia.

Só consigo pensar na casquinha de sorvete bem aqui na minha mão, derretendo.

Era pra ser de morango ou de framboesa?

Verdade é superestimada, explica m

O MINISTRO das Negativas Públicas emitiu ontem uma declaração à imprensa adiantando-se à sindicância do governo quanto à corrupção no poder público, antevendo veredictos de que tal coisa não existe.

"Afinal, vocês esperavam o quê? Desde que nosso partido comprou o incinerador novo, não

"Bem, deixe-me dizer o seguinte", respondeu o Ministro pela décima quinta vez em igual número de minutos, "embora, hoje, neste exato momento, esteja claro que foram feitas determinadas declarações que não levavam em plena consideração a concordância efetiva com

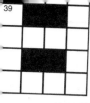

o pássaro desengonçado, recapturado há apenas um mês, fugiu novamente dos guardas. Instrui-se os moradores a não se aproximar do flamingo rosa, considerado "altamente perigoso" pelas autoridades, na falta de qualquer evidência contrária. "É questão de tempo até ele matar uma criança", disse um morador que se recusou a dar o nome.

ção com abundância de informações inúteis.

"Não deveriam questionar o compromisso desta empresa com a clareza na comunicação", ele disse aos jornalistas. "Estamos multifocados no aprimoramento dos resultados de uma iniciativa de distribuição informacional prioritária motivada pela entrega articulada com a devida precisão a determinados contextos."

conhecer o
o que conh
e o que não
melhor não

Em outra
manifestant
silenciados
de processo
investidores
luz verde pa
apressaram
sempre resp
acionistas.

"Não há s
em salvar es
Uma hora o
morrer de qu
É melhor tra
em hambúrg

Em outras
encontradas
distração em
empregadas
use de ambig
mensagens v
omissão de fa
empresas da
propriedade t
o público ign
armas de uso
guerra contra

"É de impor
que continuen
encontrar nov
fora das nossa
de forma que
maior controle
de todos os no
supressão de d
anestesiados ir
e sempre refor
fé inquestionáv
Se você não es
total falta de pa
do bem e do m

No exterior,
supervisão inex
negativas firme
bombardear na
ainda será vota
estocar armas e

Desastre não foi dos piores, at

ENQUANTO A NAÇÃO testemunha a crise ambiental mais devastadora de sua história, o governo federal tem sido rápido em afirmar que o desemprego atingiu queda recorde, em grande parte graças à redefinição do termo "emprego"

As taxas de juros também estão em seu melhor nível desde a última vez em que atingiram nível equivalente. "E estamos fazendo de tudo para combater o terrorismo", garantiu um

ofuscado por prome
grandes cortes de im
cerveja de graça em
nenhuma criança pa

alertas, mas sem alarme

engraçado que hoje em dia, agora que toda casa tem seu míssil balístico intercontinental, você mal se lembra que eles existem.

No começo eles faziam distribuição aleatória. Foi uma época emocionante: um conhecido recebia uma carta do governo e na semana seguinte chegava o caminhão para entregar o míssil. Depois, cada casa de esquina tinha que ter um. Depois, casa sim, casa não. Hoje, seria estranho você não ter um míssil no jardim, perto do galpão ou do varal.

Nós entendemos muito bem para que servem, pelo menos no sentido mais amplo. Sabemos que precisamos *proteger nosso modo de vida neste ambiente cada vez mais periculoso*. Sabemos que todos precisam *participar da manutenção da segurança nacional* (aliviando os depósitos de armamentos) e, o mais importante, que temos a recompensa da sensação de que estamos *fazendo nossa parte*.

É um compromisso mínimo. Só temos que lavar e polir nosso míssil no primeiro domingo do mês e, uma vez que outra, enfiar uma varetinha para conferir o nível do óleo. Ano sim, ano não, chega na sua porta uma caixa de papelão e, dentro, uma lata de tinta, o que significa que é hora de tirar a ferrugem e dar uma nova demão de bronze metálico.

Muitos, contudo, começaram a pintar de outras cores, até decorando com desenhos, como borboletas ou flores feitas com estêncil. Os mísseis ocupam tanto espaço no quintal que pelo menos podiam ser bonitos. Os folhetos do governo não especificam que você é *obrigado* a usar a tinta que eles dão.

Também criamos o hábito de amarrar luzinhas neles na época de Natal. É só você subir no morro durante a noite para ver centenas de cones cintilantes piscando e reluzindo.

Ainda há vários usos *práticos* para seu míssil de quintal. Se você desaparafusar o painel inferior, tirar os fios e tudo o mais, pode usar o espaço para cultivar mudinhas ou guardar o material de jardinagem, os prendedores de roupa, lenha. Com uma reforma um pouco maior, ele também vira uma excelente barraquinha para as crianças, estilo "astronave". Se você tiver cachorro, não vai precisar comprar casinha. Teve uma família que transformou o deles em forno de pizza — chegaram até a abrir a parte de cima para virar chaminé.

Sim, sabemos que há uma grande chance de os mísseis não funcionarem quando a equipe do governo vier recolher, mas passaram os anos e a gente parou de se preocupar com isso. No fundo, a maioria acha que deve ser melhor assim. Afinal, se tem famílias em países distantes com os seus mísseis de quintal, armados e apontados para nós, é só torcer que elas também tenham lhes dado uso melhor.

velório

numa noite fria do inverno passado, aconteceu um incêndio na casa de um homem que, poucos dias antes, havia matado seu cachorro a pauladas.

Era um homem forte, por isso conseguiu salvar sozinho todos os seus pertences, carregando tudo da casa até o jardim. Assim que terminou, uma centena de cachorros de todas as raças e tamanhos veio em frente às luzes bruxuleantes. Vindos das trevas em volta, prontamente eles sentaram-se em cima de cada eletrodoméstico e de cada móvel, como se fossem os donos. Além de não deixarem o homem chegar perto e rosnarem ferozes quando ele tentava bater, ficaram estáticos, olhando impassivelmente para as chamas.

O fogo era de uma intensidade surpreendente e a casa veio abaixo em questão de minutos. Enfurecido, o homem saiu atrás de uma arma. Como se tivessem entendido a deixa, os cachorros pularam para o chão e começaram a circular calmamente pelas trevas e pela fumaça, revezando-se para urinar sobre cada objeto que o homem havia salvado. Eles uivaram apenas uma vez, nem muito alto e nem muito demorado, mas o uivo era de tanta melancolia que até quem não podia ouvi-lo revirou-se na cama.

E então eles foram embora, dispersando-se pelas ruas e pelos becos, atentos ao som de suas próprias patas arranhando as calçadas de concreto, o chão que já fora de terra escura e erma. Eles não se viraram para ver os últimos focos de incêndio na grama, nem mesmo para o homem que retornara segurando um pé de cabra que não serviria para nada, em pé sobre as cinzas, sozinho e chorando. Os cachorros só pensavam em seus lares: no cheiro das casinhas quentinhas, nos cobertores macios e nas camas em que dormiam os humanos, aqueles humanos que lhes haviam dado nomes tão peculiares.

Comunicado de Interesse Público

VOCÊ SE SENTE SOZINHA?   PRECISANDO DE COMPANHIA?

Que tal?

Faça seu próprio ANIMAL de ESTIMAÇÃO

VEJA COMO!

1. Primeiro: arranje uma caixa de papelão de bom tamanho no supermercado mais próximo.

fantástico!

2. Agora você precisa encher sua caixa com a <u>matéria-prima</u>. Você encontra na sua rua mesmo!

Seu Bairro

COLETA ESPECIAL DE ENTULHO
NESTA QUARTA-FEIRA

Deixe todos seus bens indesejáveis na calçada até as 7h
Proibido pilhas, baterias e dejetos radioativos
Mantenha distância do caminhão compactador

Autorizado pelo Departamento Federal de Coleta de Grandes Volumes de Entulho
CI.1236G3494363.3412

Veja tudo que você vai precisar: eletrodomésticos queimados, peças obsoletas de computador, videocassetes inúteis, livros descartados, brinquedos quebrados — junte tudo que achar interessante...

COISAS QUE AMADAS E CUIDADAS ATÉ POUCO TEMPO ERAM

nossa expedição

não precisava muito para que eu e meu irmão começássemos a discutir por horas qual era a letra certa de um jingle, sobre a impossibilidade de dar um tiro de revólver no espaço sideral, de onde vinham as castanhas-de-caju ou se era mesmo um crocodilo-de-água-salgada na piscina do vizinho naquela vez. Um dia tivemos uma longa discussão sobre o guia de ruas que o Papai tinha no carro e por que ele terminava no mapa 268. Eu argumentei que era *óbvio* que as páginas que vinham depois tinham caído. O mapa 268 era lotado de ruas, avenidas, curvas e ruas sem saída até o limite da página — ou seja, não tinha como terminar no nada. Não fazia sentido.

Mas meu irmão insistia, naquele tom autoritário e irritante que os irmãos mais velhos adoram, que o mapa estava corretíssimo, pois caso contrário estaria escrito "ver mapa 269" em letrinhas pequenas ali do lado. Se o mapa diz que é assim, é porque é assim. Meu irmão tinha isso com muitas coisas. Era um chato.

Aí começava a batalha verbal: "Tá certo"; "não tá"; "tá"; "não tá"; "tá"; "não tá". Um mantra em pingue-pongue entoado durante o jantar, enquanto jogávamos no computador, enquanto escovávamos os dentes ou ficávamos deitados na cama esperando o sono chegar. Um ficava berrando para o outro pela parede fina que dividia nossos quartos, até o Papai ficar bravo e mandar parar.

Acabamos decidindo que só existia uma solução: ver com nossos próprios olhos. Apertamos as mãos e selamos uma aposta alta — vinte dólares, quantia absurda até para apostar em coisa garantida — e planejamos uma expedição científica oficial à misteriosa periferia suburbana.

Eu e meu irmão fomos de ônibus, linha 441, até o ponto final, e depois seguimos a pé. Tínhamos lotado as mochilas com todas as provisões para a jornada: chocolate, suco de laranja, pacotinhos de uva passa e, é claro, o guia de ruas da discórdia.

Era emocionante estar numa expedição de verdade, quase como se arriscar em um deserto ou mata selvagem, mas com sinalização bem melhor. Como também devia ter sido legal, tempos atrás, antes das lojas e das autoestradas e das lanchonetes de fast-food, quando o mundo ainda era desconhecido. Armados com gravetos, abrimos caminho por becos levemente cobertos pela vegetação, seguimos nossa bússola por infinitas trilhas, escalamos estacionamentos de vários andares para ver melhor e fizemos anotações meticulosas nos cadernos do colégio. Apesar de termos madrugado, não estávamos nem um pouco próximos da região a que precisávamos chegar antes do meio da tarde, quando nossa ideia era já estar em casa, em nossos pufes, assistindo desenho animado.

A aventura estava perdendo aquele sabor de novidade, mas não porque nossos pés doíam, nem porque um ficou culpando o outro por ter esquecido o protetor solar. Havia uma outra coisa que não sabíamos explicar direito. Quanto mais longe íamos, mais tudo parecia igual, como se cada nova rua, parque ou shopping center fosse apenas outra versão dos nossos, feito com o mesmo kit de construção tamanho gigante. Só os nomes eram diferentes.

Quando chegamos na última ladeira, o céu estava ficando rosa, as árvores escuras, e não queríamos mais nada fora sentar e descansar os pés. O inevitável discurso de vitória que eu vinha preparando mentalmente agora parecia um amontoado de palavras sem sentido. Eu não estava a fim de comemorar.

Acho que meu irmão sentiu a mesma coisa. Sempre impaciente quando saíamos para caminhar, ele ia um pouco à frente. Quando o alcancei, ele estava sentado de costas para mim, bem no meio da rua, *com as pernas balançando na borda.*

"Acho que eu te devo vinte pratas", falei.

"Pois é", ele respondeu.

Uma coisa irritante que esqueci de falar sobre o meu irmão: ele quase sempre está certo.

a noite do resgate das tartarugas

na noite do resgate das tartarugas, achei que fôssemos morrer. Eu ficava puxando meus cabelos e repetia a mesma pergunta sem parar: por que eu sempre dou ouvidos a seus planos sem noção? Por que não ficamos em casa assistindo TV que nem todo mundo? Que diferença vai fazer isso aqui? Olhei para trás e vi que eles continuavam nos perseguindo, implacáveis e cada vez mais próximos, muito maiores e muito mais poderosos que nós, que éramos jovens e tolos com ideais patéticos. "É o fim!", berrei com toda a voz que eu tinha. "Vamos nos entregar enquanto ainda temos chance!" E então, iluminados pelos holofotes, vi nosso carregamento pela primeira vez: as patinhas minúsculas fazendo de tudo para se segurar, os rostinhos confusos olhando em todas as direções, as bocas sem voz abrindo e fechando. Nove tartaruguinhas. Todas que conseguimos salvar. Só nove. Elas viraram as cabecinhas, olharam para mim com olhos que pareciam botõezinhos pretos, como pontos finais, piscando. Só consegui pensar em uma coisa, que veio como uma erupção de meus pulmões enquanto nos lançávamos escuridão adentro: "Não pare! Não pare! Não pare!".

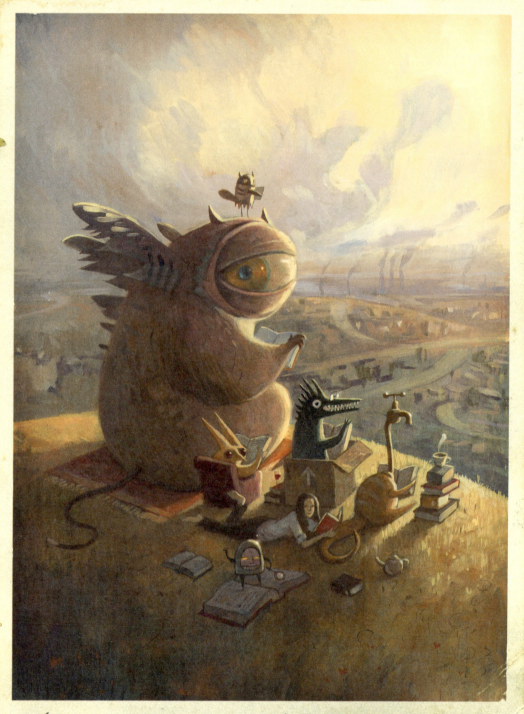

Com os cumprimentos do nosso Clube de Leitura das Terças-Feiras!

COMITÊ DE BIBLIOTECAS PÚBLICAS DOS SUBÚRBIOS DISTANTES

Este livro deve ser devolvido até a data marcada abaixo.

Enquanto isso, o autor deseja agradecer às seguintes pessoas e organizações pelo generoso auxílio e apoio:

HILLARYS AUG 9 5 FEB 1995	Inari Kiuru. Sophie Byrne.
From: BELMONT	Jodie Webster. Rosalind Price.
To: MNG	Helen Chamberlin. Mãe & Pai.
D/B 16/10/05	Arthur A Levine. Yasmine Yee.
ILL 16332	Makiko Hattori. Craig Silvey.
BUSSELTON KUOPIO	Sheralyn Bavinton. Sarah Brenan.
- AUG 1995	Jennifer Castles. Peter Stoakes.
23. NOV. 1995	Susannah Chambers. Erica Wagner.
16. APR. 1996	Sue Flockhart. Andrea McNamara.
MEXICO CITY	Jenni Walker. Michael Killalea.
-9. MAY 1996	Susan, Greg, Dan, Rachel &
-9. JUL 1996	Lucas Marie. Clare Webster.
-7. JUL 1999	Mary Anne Butler. Trent Dhue.
ALBANY	Terry Morgan. Fiona Carter.
-7. DEC 1995	Dyan Blacklock. The Fremantle
BRUNSWICK	Children's Literature Centre.
26. NOV. 2007	Books Illustrated, The A.S.A.
31 FEB 2056	e as bibliotecas estaduais da
	Austrália Ocidental e de Victoria.

LB14L   CP2216   16

In memoriam: Eddie

Este projeto teve apoio do Governo da Austrália através do Australia Council, órgão de financiamento das artes.

F*TAN
TAN, Shaun
Contos dos subúrbios distantes

SLIB-47 9571

Shaun Tan cresceu em Perth e trabalha como artista, escritor e cineasta em Melbourne. É conhecido pelos seus livros ilustrados que abordam temas sociais e históricos através de imagens oníricas, amplamente traduzidos em todo o mundo e apreciados por leitores de todas as idades. O curta-metragem de animação *The Lost Thing* (2010), feito em parceria com Andrew Ruhemann e adaptação do seu livro de mesmo nome, ganhou o Oscar de Melhor Curta de Animação. Shaun Tan ganhou também os prestigiados Astrid Lindgren Memorial Award, na Suécia, e a Kate Greenaway Medal, no Reino Unido. Saiba mais em shauntan.net.